MENENA COTTIN

YO

EDICIONES
TECOLOTE

mi papá

tú

Primera edición: 2013

D.R. © Menena Cottin
D.R. © Ediciones Tecolote, S.A. de C.V.
General Juan Cano 180,
Col. San Miguel Chapultepec,
México, D.F., 11850
tecolote@edicionestecolote.com
www.edicionestecolote.com
Edición: Mónica Bergna

Impreso y hecho en México
en los talleres de Offset Rebosán.
Febrero de 2013.
Tiraje: 2000 ejemplares.

Cottin, Menena
Yo / Menena Cottin. - México : Ediciones Tecolote, 2013.
24 p. : il.

ISBN: 978-607-7656-80-7

1. Individualidad - Relato. 2. Pertenencia - Relato. 3. Ubicación
espacial - Relato. 4. Literatura infantil. I. t.

155.2   C67   2013